剧作版权登记号:鲁作登字-2020　A-00214490

如果还有明天

丁俊雪　著

山东大学出版社
SHANDONG UNIVERSITY PRESS
·济　南·

图书在版编目(CIP)数据

如果还有明天/丁俊雪著．—济南：山东大学出版社，2024.5

ISBN 978-7-5607-8170-9

Ⅰ.①如…　Ⅱ.①丁…　Ⅲ.①电影剧本－中国－当代　Ⅳ.①I235.1

中国国家版本馆CIP数据核字(2024)第045386号

责任编辑　滕正辉
封面设计　禾乙
插画设计　王世龙

如果还有明天
RUGUO HAIYOU MINGTIAN

出版发行　山东大学出版社
社　　址　山东省济南市山大南路20号
邮政编码　250100
发行热线　(0531)88363008
经　　销　新华书店
印　　刷　山东和平商务有限公司
规　　格　880毫米×1230毫米　1/32
　　　　　5印张　119千字
版　　次　2024年5月第1版
印　　次　2024年5月第1次印刷
定　　价　39.80元

赵雅是一个性格偏执的人，由于其母杜晓菊从小到大对她各种言语的不尊重，知道妈妈生病后，她并没有在第一时间回家看望。即便在得知妈妈确诊癌症晚期后，她依旧没有回家照顾，而是选择去拍摄自己编写的剧本。赵雅的丈夫丛林不理解赵雅的行为，多次劝说赵雅回家照顾生病的杜晓菊，甚至派自己的司机赵亮暗中破坏赵雅的计划，同时他不顾自己生病，不断出钱出力地照顾岳母杜晓菊，眼看着自己病情一天天加重，照顾岳母的事情已经让他有些力不从心，而赵雅依旧我行我素，面对赵雅的冷血无情和无动于衷，他只好提出了离婚……

人物简介

赵雅:女,25岁,丛林的妻子,性格偏执,为满足母亲曾经的心愿,做了让自己后悔一生的选择。

丛林:男,27岁,赵雅的丈夫,脾气暴躁,对岳母照顾有加,得知自己生病后,想尽办法逼迫赵雅回家,甚至假意要与赵雅离婚。

赵亮:男,26岁,丛林刚刚雇用的司机,赵雅身边的假盟友,表面上帮助赵雅,暗地里破坏其行动,知道赵雅的苦衷后,帮她实现了心愿。

周冉:女,24岁,赵雅的闺蜜,赵亮的表妹,性格大大咧咧,有着不为人知的另一面。

杜晓菊:女,54岁,赵雅的妈妈,文化水平较低,胰腺癌症晚期,对赵雅的不闻不问没有半点怨言,临死前还惦记着赵雅。

赵大朋:男,58岁,赵雅的爸爸,性格懦弱,在妻子杜晓菊患病后不离不弃地照顾她。

杜晓竹:男,45岁,杜晓菊的弟弟,一直在海外工作,直到姐姐杜晓菊去世前才知道姐姐患病的事。

田淑娟:女,18岁,舞蹈专业学生,在赵雅剧本《原谅我》中饰演女主角"林圆圆",曾在拍戏期间为配合赵亮而假装受伤。

如果还有明天

【淡入】第1场
夜　内　赵雅老家

客厅里灯光昏暗，杂乱不堪，东西无序地摆放着，柜子上尘积了厚厚的灰，一张张检查报告零乱地散落在地上。赵雅拾起这些报告，整理了一下，打开档案袋，准备将整理好的报告放进去，但怎么也放不进去。她发现袋子里有东西，于是放下报告，掏出袋子里的东西，打开一看是一张皱皱巴巴的旧奖状。

第2场
日　外　桥上

黑夜渐渐散去，天慢慢转亮，初晨的太阳探出了头，大河在阳光下显得格外安静和祥和，两个身影立于桥中央，赵雅趴在栏杆上望着远处初升的太阳，站在旁边的是她的朋友周冉。

周冉

阿姨怎么样了?(转身看向赵雅)

赵雅默不作声,她低头看着桥下,桥下河里的小船正平稳地停在水面上。

赵雅

(沉思片刻)

她再也不会痛苦了。

【剧名入幕:如果还有明天】

第3场

夜　内　丛林家

书房里亮着灯,两米高的书架上摆满了各式各样的书,书架旁边的桌子上放着一杯水、一个夹着笔的笔记本。赵雅背靠在椅子上专心致志地看书。

第4场

日　内(梦境)　丛林家

卧室里,赵雅正躺在被窝里睡觉,"砰砰砰,砰砰砰……",门外响起了敲门声。声音持续几声后,她睁开眼,从床上爬起来,拍打了一下正在打哈欠的嘴,挪动着步子慢吞吞地来到客厅门口。打开门,看见一个面色苍白、骨瘦如柴的女人站在门口。女人是赵雅的妈妈杜晓菊。

杜晓菊

小雅,来送下妈妈吧。

第5场

日　内　丛林家

赵雅大叫一声从床上坐起来,"叮铃铃,叮铃铃,叮铃铃……",

手机响铃半天后，她才反应过来，于是从床头拿起手机接听了电话。

赵雅

爸，什么事啊？

赵大朋

（画外音）

小雅，你妈最近老是肚子疼，我想带她去医院做个检查，她不愿意怎么办呀？

赵雅

受凉了吧？没事别老吃什么凉菜，不知道自己胃寒吗？

第6场

日　外　高铁站

两个身穿警服的人站在高铁站门口，人群摩肩接踵向外涌动着，一个穿着白衬衣、果绿色外套，留着鬓角飞机头短发的年轻男人从人群中浮现，这个男人是赵雅的丈夫丛林。丛林拉着行李箱从出站口出来，一辆黑色高级轿车来到高铁站门口停下，丛林来到车前。此时，驾驶位车门被打开，一个戴着黑色帽子和口罩的司机从车上下来，他接过丛林的行李箱。丛林打开后门上车，司机则到车尾打开后备箱，将行李箱放入，随即驾车离开。

第7场

夜　内　丛林家

客厅里亮着灯，丛林正坐在沙发上打电话，门被打开，赵雅从外面进来关上门。

丛林

（正在打电话）

好，您早点休息吧。（放下手机）

赵雅

回来啦？（弯腰换鞋）

丛林

咱妈病了，你知道吗？

赵雅

没事，受凉而已。（换好鞋站起来）

丛林

你回去看看她吧。

赵雅

不行，我还得去听讲座呢。（转身向卧室走去）

丛林

什么讲座？天天听那个有意思吗？（顿了一下，转头看着赵雅）

赵雅没有理会丛林，关上了卧室门。

第8场

日　内　培训室

一个身穿休闲装的中年男人站在讲台上讲课，他是培训班的讲师，他面前摆着一个固定在杆子上的话筒，台下坐满了听众，赵雅坐在位子上认真听讲。

讲师

每个人都有弱点，一般分两种：心理层面的弱点和道德层面的弱点。心理层面的弱点是什么呢……

赵雅手机响了，她从兜里掏出手机。

赵雅

（低声地）

喂，请问哪位？

讲师

（画外音）

……就是人内心的那个自己总会在某种情况下受伤，而道德层面的弱点呢……（话音渐弱）

第9场

日　内　医院

一个中年女人扶着一位身穿病号服的年长妇女，两人小心翼翼地走着，一对青年男女在护士站办理业务，护士推着医疗车出入各个病房，赵雅扶着正在挂针的杜晓菊来到走廊一处坐下。

杜晓菊

我是不是得了什么大病呀，怎么还要住院呀？

赵雅

谁说只有大病才住院的？现在连发烧咳嗽都住院，还不是为报销嘛！

杜晓菊

要是大病,我就不治了。

赵雅

你以为那大病是那么好得的吗!彩票买那么多回,你啥时候中过奖啊?

杜晓菊叹气。

第10场
夜　内　丛林家

丛林从外面开门进屋,他放下手提包,脱下外套挂在衣架上,换上拖鞋。厨房里传出做饭的声音,他闻声来到厨房,只见赵雅穿着围裙正在炒菜。

丛林

你怎么这么快就回来了?咱妈检查得怎么样?

赵雅

哦,她……她没事,饭快好了,赶快洗手准备吃饭吧。

丛林

哦,那就好。

第11场
夜　内　丛林家

丛林穿着睡衣从卧室出来,看到书房半掩着的门里面透着光,他来到书房打开灯,发现赵雅拿着手电筒正在书架上找东西,赵雅被他吓了一跳,书本掉到了地上。

丛林

你干吗呢?怎么不开灯啊?

赵雅

哦……我忘了。

丛林

明早有个会,我先去睡了,早点休息吧。(转身离开书房)

赵雅放下手电筒,从书架上继续翻找着,找了半天始终找不到。正当停下来琢磨时,她突然看到书架顶端的盒子,她搬来凳子,踩着凳子将盒子拿下来,抱着盒子来到桌子前,用抹布擦掉盒子盖上的灰尘,然后打开盒子,小心翼翼地从里面取出一枚U盘。她望着手中的U盘,随后将它紧紧攥在手里。

第12场

日　内　办公室

电脑上的稿子慢慢地向上滑，一只手操纵着鼠标，一个穿西装打领带的男人看着电脑。看罢，男人的视线离开电脑，挺身看向坐在显示屏后面的赵雅。赵雅坐在西装男电脑桌对面的椅子上。

西装男

还有别的吗？

赵雅

就这一个。(看着西装男)

西装男

你这个没有创意，也没有亮点，结构也不行，不符合我们的择稿标准。(将U盘推还到赵雅面前)

赵雅拿起U盘慢慢起身走出办公室。

第13场

日　内　办公室

办公室里坐着几个穿着统一的女孩，她们穿着西装打着领结。

有的在打电话，有的在电脑上登记着什么，所有人各忙各的，一个较年轻扎着马尾的女孩带着赵雅来到一处闲置的工位。

马尾女孩

你先在这等会儿，领导去开会了。

赵雅

好，谢谢。

马尾女孩转身离开，赵雅坐下来，从包里取出U盘拿在手里。过了一会儿，一个中年半秃顶的男人朝赵雅走过来，赵雅看到秃顶男立马起身。

秃顶男

你是来面试的吧？

赵雅

不是，我有个……（被打断）

秃顶男

（大声地）

这人事怎么回事？不面试找我干什么？净耽误我时间！

秃顶男说完气得转身离开,剩下赵雅一个人呆站在原地。

【蒙太奇镜头】

第14场A
日　内　办公室

电脑前一个穿着正式的女人把U盘递给赵雅,赵雅面无表情地转身离开。

女

(画外音)不好意思,我们不做短剧。

第14场B
日　外　办公室

赵雅沮丧地从办公室推门而出,身后是一个烫发女坐在电脑前整理资料的背影。

女

(画外音)你这个没有新意,不符合我们的标准。

第14场C
日　外　办公室

赵雅被一个身材微胖的女人从办公室里推出来，胖女人将赵雅推到门外后转身离开，透过门玻璃，赵雅无助地看着办公室里面胖女人的身影。

女

（画外音）你这不合适啊，不合适。

第15场
日　外　桥上

赵雅站在桥的顶端，她低头看着下面，表情无奈又压抑，河里的小船轻微晃动着。“叮铃铃，叮铃铃，叮铃铃，叮铃铃，叮铃铃，叮铃铃……”，赵雅慢吞吞地从包里拿出手机接听电话。

丛林

（画外音）咱妈的病我都知道了，为什么不在家照顾她？

赵雅

我现在……还不能回去……

丛林

（大声地）

（画外音）什么叫现在不能回去，那你打算什么时候——

赵雅挂断电话，继续望着水面，河里的小船轻轻晃动着。

第16场

日　内　医院

一个穿着病号服的中年男人一只手拖着胳膊从换药室里走出，护士拿着一包注射药水离开护士站向病房走去。

杜晓菊

（画外音）哎呦，哎呦……

病房里，靠近门口的10号病床上坐着一个七八十岁正在吃东西的老人，名叫高泉，旁边站着的中年男人正在为他剥橘子；中间11号病床上躺着一个正在睡觉的老太太，名叫李梅；杜晓菊穿着病号服躺在12号病床上打着点滴，在一旁为她按摩的中年男人是赵雅的爸爸赵大朋。

杜晓菊

哎呦，哎呦……怎么这么疼呀？

赵大朋

你就忍忍吧，这个针一开始打都疼，慢慢就好了。

杜晓菊

哎呦，哎呦……

第17场
日　外　马路上

马路上格外冷清，马路上只有几辆车。偶尔几个行人经过，一个老太太穿着棉袄走在人行道上。

第18场
日　内　医院

病房里，高泉躺在病床上，旁边陪床的中年男人在看手机。

护士

(画外音)10床换药了。

走廊里，护士推着医疗车走进一间病房，中年男人扶着高泉小心翼翼地下床向病房外走去，丛林提着暖壶走进病房，李梅坐着按摩自己的腿，杜晓菊半躺在床上，床头呈45度，丛林来到杜晓菊的床前，把暖壶里的水倒进了床头柜上的杯子里。

丛林

妈，你累不累，要不要躺下休息会儿？

杜晓菊

没事儿，我不累。

丛林坐下来削苹果。

李梅

大嫂子,你儿子可真孝顺呀,把你照顾得这么周到。

杜晓菊

这是我女婿。

李梅

(羡慕地)

你这命可真好呀,有这么好的女婿!都说一个女婿半个儿,你这个就跟亲儿子似的。

杜晓菊

我闺女可比这女婿差远了。

丛林

妈,您别这么说,小雅她很关心您的身体。她这段时间有点事儿,等她忙完了就会回来看您的。

杜晓菊

小丛呀,你工作那么忙,不用专门过来看我。

丛林

妈,您是小雅的妈,也是我妈,您病了,我过来看您是应该的。

杜晓菊

小雅要是有你的一半就好了。

丛林

妈,我爸呢?

杜晓菊

我让他取报告去了,去了大半天了,到现在还没回来呢。

丛林

妈,您先休息会儿,我去看看。

丛林放下削好的苹果,起身向病房外走去。

第19场

日　内　医院

走廊里几个身穿病号服的人来回走动,丛林前后看了一下,转身向电梯口走去,突然看到赵大朋在旁边楼梯间里,他推门进来，看到赵大朋正忧心忡忡地蹲坐在地上。赵大朋听到声音回头，看到是丛林便立刻站起来，起身的那一刻，报告单掉到了地上。丛林捡起单子看了一眼，上方写着杜晓菊的名字，下面诊断结果写着“胰腺癌晚期”。

丛林

（沉默了一下）

爸，我妈知道自己的病了吗？

赵大朋

（哭腔地）

不能让她知道，她那个性格，要是知道了，就不治了。

丛林

爸，您别激动，这份报告是我妈让您打的是吗？

赵大朋

（阴沉着脸）

嗯，她非要看。

丛林又看了看检查报告，把检查报告放进包里。

丛林

爸,您别担心,把我妈身份证给我。

赵大朋从衣服内兜里拿出杜晓菊的身份证递给丛林,丛林拿着身份证推门走了出去。

第20场
日　内　医院

一个女护士正坐在护士站里打电话,丛林飞快地向护士站跑过来,护士挂断电话。

丛林

你好,请问咱们医院可以下载电子版检查报告吗?

女护士

可以的,你关注一下咱们医院的公众号,输入病人住院号就可以查到了。

丛林

好的,谢谢!

丛林说完又飞快地转身离开。

第21场
日　内　图文店

图文店里一个扎着辫子的年轻女子站在打印机前打印东西，旁边一个男人坐在电脑前整理着电脑上的数据，一个中年女人将打印好的资料全部装进文件袋里，然后打开门出去。店外，一辆黑色高级轿车来到门口停下，丛林关上导航，从车上下来，向图文店走去。

第22场
日　内　周冉家

阳台衣架上晾着几件中年男女的上衣和裤子，几条年轻女孩的裙子，地上晾鞋架上整齐有序地摆放着几双板鞋和运动鞋，客厅茶几上放着茶壶和烟灰缸，沙发上放着一个超大的毛绒玩具熊，玩具熊旁边放着一叠报纸。

周冉

（画外音）啊？你考虑清楚了吗？

周冉和赵雅紧挨着坐在沙发上。

周冉

（看着赵雅）

这可是有风险的。

赵雅

（点点头）

我本想找公司投稿，让他们帮我拍，可是我找了很多公司，都被他们否决了，只能想办法自己拍了。

周冉一手托着下巴，陷入了思考中。

周冉

我想我表哥应该能帮到你，他平时喜欢拍摄，摄影技术也特好。

赵雅

他懂这个吗？

周冉

不清楚，我们也有一阵子没联系了，这两天我跟他约下时间，到时候你们见面聊一下吧。

赵雅看着周冉，点了点头。

第23场
日　内　医院

一个中年女人一只手提着瓶子一只手扶着老太太，小心翼翼走进卫生间，杜晓菊从卫生间里面出来，她两只手捂着肚子慢慢向病房走去，护士推着医疗车从旁边经过。

李梅

（画外音）你听说了吗？走廊尽头那个病房里今天早上有一个跳楼的。

杜晓菊挪着小步子慢慢走进病房，高泉和李梅正在聊天。

高泉

那病谁受得了呀？

杜晓菊

（疑惑地）

发生了什么事？（看着他们）

李梅

大嫂子，你还不知道吧，在这个走廊的最头上有一个重症病房，里面住的都是那些得了绝症的，什么癌症呀，白血病呀，都搁那屋里呢。

高泉

进了那个屋，可就没活路喽。（躺下盖好被子准备睡觉）

杜晓菊面无表情来到床前坐下，丛林拿着“检查报告”从外面进来。

丛林

妈，打印报告的人工窗口今天休班，我去自助打印机那里打印的。（把“报告”递给杜晓菊）

杜晓菊

你爸呢？

丛林

给您买饭去了。

李梅

（看着杜晓菊）

大嫂子，你这是哪里不好呀？

杜晓菊拿起报告单看,单子上面写着胃囊肿,她表情瞬间变得轻松,随后看向李梅。

杜晓菊

我是胃囊肿。

李梅

哦,和我一样,我也是囊肿。

第24场

日　内　周冉家

一只手正流利地转着笔。

赵雅

(画外音)目前就是这样了。

周冉和赵雅紧挨着坐在沙发上,仰坐在一侧沙发上正在转笔的男人是周冉的表哥赵亮。

周冉

哥,你就帮帮小雅吧。

赵亮停止转笔,将笔握在手心里,看着赵雅。

赵亮

（略带笑意地）

我对薪水的要求可是很高哦。

赵雅勉强地笑了一下。

第25场

日　外　马路

马路边上停着一辆黑色高级轿车。

丛林

（画外音）钱会分期打给你，这已经是你平日三倍的薪水了。

赵亮坐在驾驶员位置，他回头看着后座上的丛林。

赵亮

确定要这样做吗？她可是你的……

手机铃声响了，后面坐着的人接听了电话。

丛林

（画外音）喂……

第26场
日　内　影视公司

办公室里放着几张电脑桌，靠近门口的桌子上放着打印机，打印机旁边放着一摞空白A4纸，墙角放着几张闲置的椅子，赵亮坐在一边看纸质稿子。周冉将一把椅子推到一张电脑桌旁，又返回墙角去推另一把椅子。赵雅将桌子上整理好的文件依次放到书柜上，赵亮放下稿子看着赵雅。

赵亮

这故事怎么没名字啊？

赵雅

（看着赵亮）

我还没想好。办公室已经整理得差不多了，什么时候可以筹备拍摄？

赵亮

别着急，我们先要建立一个成熟的团队，现在这里只有你、我和小冉，光靠咱们三个人的力量是不够的，需要再招募一些员工和演员，演员一定要找专业的，员工的话可以放宽要求……

周冉

哥，你直接说方案行不行啊？难道你看不出来小雅她很着急吗？

赵亮

首先做一份招募策划案，分线上线下两条渠道走。线上的，我们从……（渐弱）

【蒙太奇镜头】

第27场A

日　内　影视公司

办公室里，赵亮坐在椅子上，赵雅和周冉站在他面前，他一边讲解一边比划，赵雅听着赵亮的讲解不时点头。

第27场B

日　内　影视公司

办公室里，周冉坐在电脑前打字，电脑屏幕上方清晰写着“演员招募”几个大字，下面是招募要求及参演报酬，打印机不停地向外打印着招聘宣传单，赵雅来到打印机前取走已打印好的宣传单。

第27场C
日　外　马路

马路上车辆来回穿行，人行道上的行人也陆续经过，赵亮一只手提着包，另一只手拿着招聘宣传单站在人行道上，每路过一个行人，他就递上宣传单，行人们有的接着宣传单就离开了，有的不理会就直接走了，有的接过宣传单停下来边看边咨询。

第27场D
日　内　影视公司

办公室背景墙上贴着“演员招募”几个字，一个身穿裙子胸前贴着1号标签的女孩站在办公室中间跳舞，赵雅坐在门旁往里一点的桌子前，女孩跳着跳着不小心被自己的裙子绊倒在地，赵雅向外摆了摆手示意她出去，女孩灰头土脸地走了出去；另一个穿裙子的2号女孩开始跳舞，跳着跳着突然忘了怎么跳便停下了，赵雅摆了摆手，女孩出去了；3号女孩穿着暴露的衣服，画着浓妆，踩着高跟鞋进来了，刚要起步鞋跟断了，也只好尴尬地离场。

第27场E
日　内　影视公司

办公室背景墙上贴着“场务招募”几个字，周冉坐在一张桌子前看着应聘人员的简历,简历上写着"张正,男,22岁,大专学历,美术专业……",周冉抬头看到对面坐了个头染黄毛的男青年,看着大概十五六岁的样子。小伙举起自己的画,上面画了辆卡通小汽车,周冉摇摇头把简历丢进垃圾桶。她拿起另一份简历,念道:"高大海,男,40岁,高中学历……",她抬头一看,一个看上去六十多岁的男子坐在对面看着她笑,周冉被吓了一跳。她再抬头看时,一个光着膀子,臂膀上刻着纹身的壮汉坐在她面前,她又被吓了一跳。

第28场
夜　内　影视公司

赵亮提着包走进办公室,把包放在桌子上,周冉和赵雅正看着桌子上摆放的那一摞简历。

赵亮

(看着周冉、赵雅)

这两天招募得怎么样?(边说边向二人走去)

周冉

老的老,小的小,那个大爷都六十多了还来应聘,这是把咱们这当养老院了。还有最后那个壮汉,一身肌肉,不知道是不是喝大了跑错了地儿。

赵亮

小雅,你那边呢?(看着赵雅)

赵雅

(无奈地)

我这边也不太行,感觉都不是很专业。

赵亮

别急,这才刚开始。

第29场

夜　外　城市

五彩缤纷的夜灯下,车辆川流不息,疾驰于城市中。

第30场

日　内　影视公司

办公室地上杂乱地散着衣服、鞋子、拍摄道具以及布景装饰用品。蹲在地上整理布景装饰用品的是场务助理王斌,他旁边站着一个男青年,是场务助理杜帅帅,他将地上的道具一件件捡起放到桌子上的箱子里,周冉将衣服撑好挂到衣架上。另一个房间里,一个留着长发长相清纯穿着裙子的姑娘正在跳舞,姑娘名叫田淑娟,她跳完最后一个动作停下。赵雅站在办公室一侧。

赵雅

行，差不多了，这两天再练习一下。

田淑娟

嗯。

第31场
日　内　医院

走廊里几个穿着病号服的人走过去，丛林扶着杜晓菊小心翼翼地走着，丛林突然表情痛苦，他空余的一只手赶紧放到腰上揉了揉，杜晓菊看到丛林的样子，停住了脚步。

杜晓菊

（看着丛林）

小丛，你不舒服啊？

丛林

没有。

杜晓菊

赶快回去休息休息吧，不用担心我。

丛林

妈，我没事。您自己在这我不放心，等我爸来了我再走吧。

第32场
夜　内　丛林家

卧室里，赵雅盖着被子倚靠在床头上，看着窗户外面。丛林坐在卧室门口，看了下手机上的时间，随后锁屏将手机扔在一边，转头看着赵雅。

丛林

回去看看你妈吧，她现在特别需要你的照顾。

赵雅

我爸可以照顾她的。

赵雅说话间脸依旧看着窗外。丛林立刻从地上站起来。

丛林

（气愤地）

你到底天天在搞些什么，你妈病了半年了，你回去看过她一眼吗？你每天就知道干那些没有用的，对她不管不顾,你知道她每天有多痛苦吗?你知道她躺在病床上却见不到最亲的人有多无奈吗?有什么事能比照顾你妈还重要?赶紧回去,否则你会后悔的!

赵雅

(大声地)

我现在回去才会真的后悔!

丛林

为什么不回去?你是对她有意见还是你根本就无情无义?

赵雅

(沉默片刻)

……没错,我就是对她有意见,她总是拿我和别人比较,还总在邻居面前贬低我、揭我的短、伤我自尊,让他们都看我的笑话,小时候是这样,长大了还是这样,我讨厌那些邻居,我更讨厌她!

丛林

你这算什么理由?

赵雅

我恨她！就算这不是什么理由。

赵雅面无表情地看着窗外，丛林看了看客厅，又转头看了看赵雅。

丛林

既然你这么冷血无情，那就离婚吧。

第33场

日　内　影视公司

办公室里十分忙碌，有人坐在电脑前登记演员名单，有人整理着书柜上的资料，赵亮提着摄像机从外面进来，赵雅跟周冉将整理好的道具和衣服装好，赵亮放下摄像机来到赵雅和周冉旁边。

赵亮

小冉，演员准备得怎么样了？

周冉

没问题。(用手比了个“OK”的姿势)

赵亮

(看着赵雅)

小雅，你这边呢？

赵雅正在愣神,没有反应。

赵亮

小雅!

赵雅立刻反应过来,应了一声。

赵亮

小雅,你没事吧?

赵雅淡定地摇摇头。

第34场
夜　外　马路上

马路上亮着夜灯,一辆辆车来回穿梭在马路上,路上的行人陆陆续续地经过,赵雅和赵亮并排在路上走着。

赵亮

小雅,今天看你有些走神,是有什么心事吗?

赵雅

(沉思片刻)

你有没有做过错误的选择?

赵亮

有啊，人生本来就是一道道选择题，到了岔路口总要选一条，即使选错了，也可以返回再选另一条嘛。

赵雅

如果来不及选另一条呢？

赵亮

小雅，你今天是怎么了？怎么这么悲观呢？

赵雅

（表情不自然地）

哦……没有啊。

第35场

夜　内　丛林家

赵雅站在客厅茶几前，看着手里的离婚协议，陷入沉思。

赵雅

（画外音）为什么要这么逼我？

丛林

(画外音)是你一再执迷不悟,我也救不了你了,你把字签了吧,但是孩子和钱,你一样也别想带走。

第36场

日 内 丛林家

卧室里,赵雅扣好行李箱的锁,扶正,拉起行李箱来到客厅。她打开门准备出去,又忍不住回头看了一眼,随后提起行李箱,从外面关上了门。房间内,签了赵雅名字的离婚协议在茶几上放着。

第37场

日 内 装饰公司

会议室里,七八个人围坐在会议桌前,他们个个身穿正装,男的打着领带,女的打着领结,丛林坐在桌前。

丛林

还有问题吗?(看了看大家)

几人互相看看,没有回应。

丛林

好，散会。

参会人员纷纷起身离开会议室，紧挨着丛林坐的女孩是丛林的助理，名叫田雨，她看着大家出去的背影，慢慢起身。丛林站起身的同时用手扶着腰，表情痛苦。

田雨

（转头看着丛林）

从总，我看您回来以后一直腰疼，您还是去医院看看吧。

丛林

没事，可能这段时间太累了，休息一下就好了，你去忙吧。

田雨应了一声，慢吞吞地向门口走去，准备开门的时候回头看向丛林。

田雨

从总，我家有一个按摩椅，按摩腰背效果特别好，明天我给您带过来吧。

丛林

谢谢你的好意,不用了。(扶着腰又轻轻坐下)

田雨看着丛林,顿了一会儿,随后转身打开门出去。

第38场

夜　内　丛林家

丛林来到家门口,他拿出钥匙打开门进屋,并随手关上门。屋里一片漆黑,他伸手按下门口的开关,客厅的灯亮了。他脱下外套,放下包,换上拖鞋,摁着腰小心翼翼来到卫生间,如厕后马桶里面呈现出血红色,他看了片刻,随后冲净马桶。

第39场

夜　内　赵亮家

赵亮在洗手间刷牙,客厅里传来手机铃声,“叮铃铃,叮铃铃……”,他快速漱口后,关上水龙头来到客厅,拿起手机接听电话。

赵亮

喂……

第40场

日　内　影视公司

赵雅走进办公室,看到周冉一个人在整理道具,她环视了一下办公室,朝周冉走去。

赵雅

(疑惑地)

小冉,怎么就你一个人呀?

周冉

(撇着嘴)

王斌和杜帅帅都不干了。

赵雅

什么?好端端的为什么不干了?

周冉

王斌说他家里要他回去考公务员,杜帅帅异地恋的女朋友终于同意嫁给他了,他回老家筹备婚礼去了。

赵雅

那也不用离职吧……你哥呢?

周冉

他的摄像机太久没用,里面零件不好使了,他拿去修了,现在人手不够了,得重新招人,拍摄计划要往后推迟了。

赵雅看着地上那堆未整理的道具,表情变得阴沉。

第41场
日　外　马路上

车辆、行人往来如梭,一个穿着外套的老太太走在行人中。

第42场
夜　内　影视公司

办公室里一个年轻小伙正在关电脑,名叫张涛,是公司新招聘的场务助理,旁边还有一个收拾包的小伙,叫李磊,也是新招聘的场务助理。他们陆续离开了办公室,周冉也起身放好椅子离开了办公室,赵亮在办公桌前摆弄着自己的摄像机。

第43场
日　内　舞蹈室(拍摄现场)

田淑娟脸上画着淡妆,穿着舞蹈服站在舞台中间跳舞,赵亮扛着摄像机,两条腿一高一低半蹲着在旁边拍摄,张涛和李磊在旁边举着灯。田淑娟跳着跳着突然滑倒在地,她大叫一声,周冉和赵雅赶忙跑过去扶她。

赵雅

腿怎么样?能站起来吗?

田淑娟试图伸直腿,但是腿刚动了一下,又立马缩了回去,赵雅看了看田淑娟的鞋,发现上面沾着油。

田淑娟

我腿好疼,好疼呀……

赵亮收起摄像机站到一旁,田淑娟抬头和他对视了一眼。

第44场

日　内　影视公司

办公室里，赵雅放下衣服，赵亮提着摄像机进屋，张涛和李磊两人将道具及装饰品放在地上，周冉从外面进来。

赵雅

（看着周冉）

怎么样？

周冉

（摇摇头）

现在正在医院治疗呢，医生说她骨头错位，要一百天才能下床活动。

张涛

那我们的拍摄岂不是要等一百天以后才能进行？

李磊

再换其他演员不就行了？

赵雅看着地上的摄像机，脸上一副焦虑的样子。赵亮的手机响了一下，他从口袋里拿出手机看了一眼，手机短信上提示入账一万元的信息，他把手机锁屏放回口袋。

赵亮

（看着赵雅）

别担心，一定还有其他方案。

第45场

日　外　桥上

赵雅表情低落地看着桥下，河里的船晃动得有点厉害。

闪回

第46场

日　内　医院

赵雅走进医生办公室，里面一个穿着白大褂的男人正在打电话。

医生

回去多休息，注意随诊就行了。（挂断电话）

医生

（转头看着赵雅）

你是杜晓菊的家属吗？

赵雅

是，大夫，昨天是您给我打的电话吗？

医生

对，你看下这个。（指着电脑上的检查报告）

赵雅看了一眼报告，上面写着杜晓菊的名字，诊断结果显示为“胰腺癌晚期”，她瞬间呆住了。

赵雅

（看着医生）

确诊了吗？

医生

病理就是最准确的。

赵雅看着电脑上的检查报告沉默了片刻。

赵雅

我妈还有多长时间?

医生

这个不好说,每个病人的情况是不一样的,多则一年,少则三五个月,通常情况都是看病人的心态。

赵雅看着电脑上的检查报告沉思了一会儿。

赵雅

(看着医生)

那就请大夫将我妈安排在普通病房吧。

第47场

日　外　桥上

赵雅转身向桥下面走去,桥下河里的船依旧在那里晃动着。

第48场

日　内　医院

一个护士坐在护士站里填表,一个年轻的女人在护士前面站着,赵大朋急匆匆地跑过来。

赵大朋

护士，有止疼药吗？我媳妇一直疼。

护士

几床的？

赵大朋

12床。

护士

稍等一下，一会儿给你送过去。

第49场

日　内　医院

走廊里一个身穿白大褂的高个男人走过去，大厅里坐满了人，两个中年男人、两个老人坐在一间诊室门口，丛林一手扶着腰，一手扶着墙站在他们旁边，一个人从诊室里面出来。

护士

（大声地）

14号！

丛林看了看自己手里的挂号单，上面写着14，随后扶着腰慢慢地走进诊室。

第50场
夜　内　影视公司

黑夜，城市亮起了路灯，几辆车行驶在马路上。办公室里亮着灯，电脑桌上放着一叠文件，旁边放着一桶开了盖的泡面，赵雅独自一人坐在电脑桌前写稿子，不时打着哈欠。

第51场
日　内　打水间

打水间里，水池上面的水龙头开着，水哗哗地流，下面水池里放着一个拖把，旁边放着一瓶洗洁精，一位老太太正用一只手拿着拖把冲洗。随后，老太太拿出拖把，用手拧掉上面的水，拿起洗洁精瓶往上面挤了很多洗洁精，此时赵雅走了过来。

赵雅

（看着老太太）

阿姨，这拖把看着很干净了，您怎么还在这洗呀？

老太太

看！

老太太指着垃圾桶里装油的瓶子，赵雅看向垃圾桶，里面一个精致的水晶瓶。

老太太

也不知道是谁把油全倒在这拖把上了，连瓶子都扔这水池里了，这都洗了十几遍了还没洗干净呢。姑娘，你来这有什么事吗？

赵雅

（停顿一下）

我前两天来这边舞蹈房拍摄，有东西落这了，今天过来取一下。

第52场
日　内　影视公司

办公室里赵雅独自一人坐在电脑跟前写稿子，一束鲜花突然出现在眼前，赵雅抬头一看，赵亮正举着花看着她，赵亮把花放在赵雅的电脑桌上。

赵亮

春天就要过去了，留点春意。

赵雅

（伤感地）

有些东西是留不住的。

赵亮

既然留不住就更要放在身边喽，哪怕只是短暂的陪伴，也是欣慰的。

赵雅看着电脑桌上的花。

赵雅

当花即将枯萎的时候，即使浇再多的水还有什么意义呢？

第53场

日　外　医院

医院门口进出的杆子起起落落，行人从杆旁边的人行道进进出出，几辆车正排队陆续进入，一辆黑色高级轿车从门外开来。

第54场

日　内　医院

走廊里两个身穿病号服的中年男人从卫生间出来，护士站里，一个护士正坐着填表，身后的铃声响了，她起身关掉铃声，向病房走去。丛林来到杜晓菊的床前，杜晓菊正在睡觉，他搬了凳子坐下，此时赵大朋提着饭盒进来。

丛林

（看着杜晓菊）

爸，我妈怎么样了？

赵大朋

还是老样子。

丛林

这次打多少天了？

赵大朋

算算时间，今天下午又该出院了。

第55场

夜　外　赵雅老家

一辆黑色高级轿车来到一栋房子门口停下，丛林从车上下来，打开后车门，杜晓菊慢慢地挪动着身子往下走，丛林扶着杜晓菊慢慢下车，赵大朋从另一侧下车，然后转过来一起搀扶杜晓菊，待杜晓菊站稳以后，丛林走到后备箱，将后备箱里的东西一样样拿下,赵大朋则小心翼翼地扶着杜晓菊进屋。丛林关上后备箱门,抱起一个袋子准备去屋里,刚走两步,突然丢下袋子,用手摁着腰间,表情有些痛苦。赵大朋从屋里跑出来。

赵大朋

小丛,你妈说你身体不舒服,我来弄吧。(接过袋子)

丛林

没事……爸,我知道这边医院的止疼药对我妈已经没啥效果了,这是我从省城带来的止疼药,效果比一般的止疼药要好得多。(从口袋拿出药递给赵大朋)

赵大朋

这药一定很贵吧?

丛林

爸,您只管给我妈用,不用担心钱,如果管用的话,回头我再多买一些带过来。

赵大朋

小丛啊，我看你最近身体也不舒服，不用老往这跑，也不用总是给我们转钱，我们钱够用。

丛林

爸……（欲言又止）

第56场

日　内　周冉家

周冉在厨房里切肉，赵雅在旁边帮忙择菜，客厅里传来电视的声音。

第57场

夜　内　周冉家

赵亮坐在沙发上一边看电视一边嗑瓜子。

周冉

（画外音）哥，过来帮忙。

赵亮起身走向厨房，周冉双手分别端着一盘菜来到餐厅，赵雅端着汤走在后面，她小心翼翼地来到餐桌旁放下。随后赵雅走向沙发拿纸巾擦手，这时她看到了旁边放着的水晶瓶，里面装着纸折的幸运星,她拿起来看。一只手猛拍了一下她的肩膀,她吓了一跳,回头一看是周冉。

周冉

你干吗呢?

赵雅

(疑惑的样子)

这个瓶子……

周冉

这是我哥给我的,怎么了?

赵亮

什么给你的?分明是你抢的!

赵亮端着一盘菜从厨房里面出来。

周冉

赶紧吃饭了。(来到餐桌前摆筷子)

第58场

夜　内　周冉家

餐桌上赵雅和赵亮面对面坐着,两个人看着对方不说话,周冉放下筷子看着他们。

周冉

那个……这里面是不是有什么误会啊?

赵雅

为什么要这么做?(手里举着装着幸运星的瓶子)

赵亮

小雅,如果我一心想要破坏你的计划,那我干吗还要帮你呢?这难道不是多此一举吗?

周冉

是啊,小雅,我们在一起工作那么长时间了,你应该知道我哥他不是那样的人。

赵雅

他是什么样的人,我恐怕从来就没清楚过。

赵雅说完起身，将瓶子使劲往桌上一放，生气地出去了，门“啪”一声关上。赵亮迅速起身也想要出去，被周冉一把拽住。

周冉

哥，你就别去追小雅了，她这会儿正烦你呢。

赵亮叹了口气走向客厅，周冉也向客厅走过去。

周冉

哥，他们舞台上的那个油到底是不是你涂的？

赵亮

刚刚不是说了吗？相同的东西有很多，总不能因为一个相似的瓶子就断定事情是我做的吧。

周冉

真的不是你？

赵亮

真的不是我，我什么也没做，怎么连你也不相信我？

第59场

日　外　桥上

赵雅来到桥的顶端，趴在栏杆上看着下面，河里的船在剧烈地晃动。

讲师

（画外音）那道德弱点呢，这个弱点它会对其他人造成伤害，或者给他人造成直接的负面影响。

赵雅眉头紧皱，目中无光，依旧看着下面河里正在剧烈晃动的船。

第60场

日　内　赵雅老家

屋里传出噼里啪啦砸东西的响声和杜晓菊哭泣的声音，卧室地板上凌乱不堪——被打碎的碗片、洒得到处都是的粥，一些药瓶子零乱地摆放着，杜晓菊坐在床上，头发已掉了大半。

杜晓菊

我到底是做了什么错事呀？为什么让我受这些罪！天天这样折磨我，这病越治越严重了，这样活着还有什么劲呀！我还不如死了算了！

赵大朋蹲在客厅门口吸烟，一副心力交瘁的样子。

第61场
日　外　学校

放学铃声响了，小学生们背着书包纷纷涌出校门。校门口恢复清净后，一个小女孩背着书包坐在校门口旁边的石阶上，她低着头，看起来心情十分低落。一个年轻女人提着包从校门口出来，她看到了坐在一边的小女孩，就向她走过去。

女人
思雨，坐在这里干吗呢？怎么不回家？

女孩抬头看了一眼女人，又低下头。

女孩
（低声地）
陈老师……

女人来到女孩旁边坐下，摸了摸女孩的头。

女人
怎么了，可以告诉陈老师吗？

女孩

这次考试没考好，回家又要被妈妈骂了。

赵雅路过她们旁边，听到女孩的话，停下脚步站在原地。

女人

你知道妈妈为什么要责骂你吗？

女孩

因为我考试没考好，让她丢人了。

女人

（摇了摇头）

思雨，你还小，很多表面之下的事情你还不太懂，妈妈表面上可能会责骂你，但其实只是希望你可以得到进步和成长。很多人小时候都会被妈妈责骂的。

女孩

陈老师，您小时候也被妈妈骂过吗？

女人

（笑了笑）

陈老师是没有机会被妈妈责骂的。

女孩

（好奇地）

为什么？

女人

陈老师在很小的时候，妈妈就去世了。

女孩

（难过地）

陈老师，对不起。

女人温柔地抚摸着女孩的头，赵雅眼眶湿润，站在一旁看着她们。

第62场

日　内　出租房

洗手间里，赵雅正蹲在地上洗衣服，敲门声响起，她放下衣服，起身冲洗了一下手，转身走出洗手间，打开防盗门，是周冉站在门口。赵雅看了眼周冉，转身走向卫生间。周冉来到客厅沙发坐下，赵雅端着装满衣服的盆子从洗手间出来。

周冉

你还当不当我是闺蜜了，换房子也不告诉我，害我多跑一趟。

赵雅端着衣服来到阳台，拿衣撑子把衣服撑起来，周冉过来帮忙撑衣服。

赵雅

那里已经不属于我了。（把撑好的衣服挂到晾衣架上）

周冉

看你这几天没去公司，我就知道你还在因为那件事生我哥的气。今天过来，我只是想告诉你一个真相。

听到周冉的话，赵雅放下手里的衣服。

周冉

昨天我已经查到，那天在舞台上面抹油的是和田淑娟一起学舞的另一个女孩，那女孩平时就一直嫉妒田淑娟舞跳得比她好，后来她看到田淑娟得到了演戏的机会，她更是怀恨在心……

第63场

日　内　出租房

客厅里，赵雅和周冉坐在沙发上。

周冉

该说的我都说完了，如果你还是对我哥有成见的话，我也无话可说了。

赵雅

对不起，是我狭隘了。

赵雅低下头，周冉欣慰地看着赵雅，捏了捏她的肩膀。

第64场

日　内　影视公司

办公室里，赵亮站在办公桌前擦拭着摄像机，赵雅从外面走进办公室，赵亮看见赵雅立马放下摄像机。

赵亮

我还以为你不想见我了。

赵雅

没有。你这是……（看着摄像机）

赵亮

明天可以拍摄了。

赵雅

（诧异地看着赵亮）

田淑娟的腿不是受伤了吗？怎么……

赵亮

她没有受伤。

赵雅

（更加诧异地看着赵亮）

这是怎么回事？

赵亮

（顿了一会儿）

先别管这个了，拍摄要紧。

第65场

日　内　医院

走廊里一个穿着病号服的老太太一边散步一边捶打自己的胳膊。护士把输液药水挂到医疗车上，随后推着医疗车离开护士站，向病房走去。赵大朋提着暖壶离开打水间，走到病房门口时，碰见也是刚到门口的丛林，两人打了个照面。

第66场

日　内　医院

走廊里，一个中年女人扶着一个身穿病号服拄着单拐的中年男人，男人小心翼翼地往前挪着步子。一个穿着外卖员服装的年轻小伙提着两大提盒饭从电梯出来，病房里的人陆续出来找外卖员拿饭。丛林和赵大朋站在走廊尽头窗户那里，丛林看着窗外，有几个人抬着一具从头到脚都蒙着白布的尸体来到灵车前，合力将尸体抬上车，车门关闭，随即开走了。

丛林

（看着赵大朋）

爸，您怎么打算的？

赵大朋

（闷闷不乐地）

走一步看一步吧。

丛林继续看着外面，灵车已经远去，在车辆穿梭的马路上，背影逐渐变得模糊。

第67场

夜　内　丛林家

屋里一片漆黑，丛林开门回家，脱了外套，换好鞋到沙发坐下，看到了茶几上放着的离婚协议，他拿起来看，上面签着赵雅的名字。他看着协议书沉默许久，将协议书撕个粉碎，把碎纸片丢进垃圾桶，然后起身向卧室走去。

第68场

夜　内　丛林家

卧室里亮着灯，床头柜上放着手机、几个药瓶子、一个水杯，地上放着一个暖壶，丛林坐在床上沉思片刻，随后拿起了床头柜上的手机。

第69场

夜　外　马路上

马路上车来车往，一辆公交车从远处逐渐驶近，公交车上坐了十几个人，赵亮坐在靠窗的座位上看着窗外。公交车来到站牌处停下，赵亮旁边的人纷纷下车，赵亮也跟着起身。车门口一旁坐着一个六十岁左右穿着朴素的男人，赵亮准备下车，突然停住脚步看着门口这个穿着朴素的中年男人。

赵亮

大叔，这一站是安阳小区吗？

男人

下……下……

赵亮

谢谢。（急匆匆地下了车）

中年男人转头看着车外准备离去的赵亮。

男人

（大声地）

下一站。

赵亮听见男人的声音，迅速跑回车前，车门突然关闭，赵亮无奈地看着车离去。

第70场
日　内　影视公司

办公室里，李磊和张涛将整理好的拍摄用品装进箱子，周冉整理着拍摄用的服装，赵亮将摄像机小心翼翼地放进包里。待所有人都收拾好，周冉起身环视了一下办公室。

周冉

这都准备出发了，小雅怎么还没来啊？

赵亮

是不是堵车了呀？这个点公交车很堵的。

周冉

不行，我得打电话问问。

周冉刚从桌子上拿起手机，赵雅神情沮丧地来到办公室。周冉看到赵雅，放下手机快步走上前去。

周冉

小雅,你怎么了?

赵雅神情黯然,不肯说话,她来到电脑跟前搬了把椅子坐下,周冉跟了上去,也搬了把椅子坐下。

周冉

(急切地)

小雅,你到底怎么了?

赵雅

(顿了一下)

早上投资人打电话给我,说要撤资。

李磊

什么?

张涛

怎么会这样?

周冉

这是怎么回事啊?为什么撤资?

赵雅

投资人说我们还没怎么拍，演员就受伤了，如果真的拍下去，还不知道会怎么样。他们认为风险太大，所以……

赵雅开始哭泣，赵亮站在一边使劲拍打着自己的脑袋。

第71场
夜　内　赵亮家

赵亮站在阳台上打电话，看着外面的夜灯和往来穿梭的车辆。

丛林

（画外音）从明天开始，终止你们所有的计划，回到你自己的岗位上去吧。

赵亮

不行，我的事情还没有做完。

丛林

（画外音）你还想做什么？

赵亮

之前我以为我在做一件正确的事。

丛林

(画外音)难道不是吗?

赵亮

是,但是现在……我想跟着我的心走。

丛林

(画外音)你以为你这么做是在帮她吗?你是在害她,你这样……

赵亮挂断电话并关机。

赵亮

对不起。

赵亮从口袋取出一张名片,名片上方写着胡先声,下方写着先声影视制片有限公司。

第72场
日　外　马路

马路上空无一人,极少的车辆在马路上行驶着,赵雅提着包来到公交站,一个看上去七十多岁的满头白发的男人也来到站台。

男人

（看着赵雅）

姑娘，你上班了吧？

赵雅随意地应了一声。

男人

我闺女和你一般大的时候还没有工作呢。

赵雅随声附和着，眼睛不时望着远处。

男人

我们家就这么一个闺女，从小不敢让她吃半点苦，生活条件再差，也没苦过她。

赵雅不搭理老人，依旧看着远处。

男人

这孩子从上学的时候就很少回家，上班以后回家就更少了，她工作忙，我跟她妈平时想她了连电话都不敢打，就怕打扰她。

赵雅开始看着老人。

男人

她住的离我们倒是不远,坐公交也就两站地。

赵雅

她不回家,你们可以去找她呀,反正离得也很近。

男人

我们也想过去看她,但因为工作性质,她有时候需要在家办公,我们过去怕打扰到她呀。

赵雅怜悯地看着老人,此时公交车到站了。

第73场

日　外　马路上

马路上车辆川流不息,一个穿着短袖T恤的老太太在马路上走着。

第74场

日　内　丛林家

客厅门口鞋柜上面挂着一件男士外套，下面放着一个公文包，卧室地上放着一双男士拖鞋。丛林满头大汗地躺在床上，他似乎想起了什么，艰难地从床上爬起来，表情十分痛苦，他拼尽全力伸手去拿放在床头柜上的手机。他按键输入手机号，备注是“老婆”，拨了过去，电话响铃一会儿后自动挂断了。

第75场

日　内　书房（拍摄现场）

书房里拉着窗帘，闲置在一边桌子上的手机屏幕不停闪烁着。张涛、李磊两人分别在两边举着灯，赵亮用三脚架固定的摄像机在中间拍摄，赵雅和周冉站在一边，赵雅手里拿着一份文件，他们正在拍摄一个中年女人坐在书桌前低头写日记的镜头。此时，角落里桌子上的手机屏幕再次亮起，显示是丛林来电。

第76场

日　内　丛林家

丛林半躺在床上，手机自动挂断后，从他手中滑落，他心灰意冷地倒在了床上。

第77场

日　外　马路(拍摄现场)

田淑娟(饰演角色“林圆圆”)飞快地走在马路上,一个中年女人在后面急切地追赶着,中年女人是赵雅剧中的角色林圆圆的妈妈。

中年女人

圆圆,好好地为什么不练了,学舞蹈不是你一直以来的心愿吗?现在好不容易有机会……(被打断)

田淑娟(林圆圆)

那么高难度的动作,我根本就练不下来。

中年女人

你这才刚开始,慢慢地就会了,走,我们再去试试。

中年女人说罢,拉着女孩想要往回走,女孩使劲挣脱,然后飞快地跑向马路对面,中年女人也跟着追过去,“咣当”一声,马路上传来撞击声,已跑到马路对面的“林圆圆”听见声音赶忙回头看向后面的马路。

赵雅

(画外音)好,下一场。

赵亮放下摄像机原地休息,周冉跑过来和赵雅一起看剧本。

第78场

日　内　装饰公司

会议室里,几个穿着正式的男女员工围坐在会议桌前,最前面的椅子是空的。

员工男

不是说今天开月度总结大会吗?

员工女

是啊,这都一个小时了,从总怎么还没来?

田雨看了看前面空着的那把椅子,起身离开会议室。

第79场

日　外　装饰公司

田雨来到办公室门口,拿出手机拨通了电话,几声响铃后,电话自动挂断。

第80场

日　内　丛林家

客厅里能听到某处传来手机铃声。卧室里手机响铃几声后挂断,丛林半歪着身子昏睡在床上,手机铃声再次响起。

第81场

日　内　安阳小区

出入杆升起,一辆汽车开了出去,田雨骑着电动车来到安阳小区门口,小区里几个老人在锻炼身体,三个七八岁的小男孩在追逐打闹,田雨下了电动车,一个提着布袋的中年女人迎面走来,田雨推着车迎到女人面前。

田雨

大婶,您认识不认识一个叫丛林的?

女人

不认识,这个小区交房没多久,我们都是刚搬过来的,邻里之间还不熟呢,你去问问物业吧,他们应该知道(指着前面)。

田雨

谢谢大婶!

女人提着布袋离开,田雨骑着电动车向女人手指的方向驶去。

第82场
日　外　丛林家

田雨从电梯里出来,径直来到右手边的房门口,她轻轻地敲了敲门,里面没有反应,她拿出手机打电话,屋里传来手机的铃声,铃音一直持续着,迟迟无人接听,田雨挂断电话,又拨通了另一个电话。

田雨

喂,请问是开锁公司吗?

第83场
日　外　舞蹈室(拍摄现场)

几个穿着统一舞蹈服装的女孩在跳舞,一个女老师在前面领舞,田淑娟趴在窗外看着窗户里面正在跳舞的女孩们,一脸羡慕又无助的样子。赵亮扛着摄像机在窗户外边拍摄。

赵雅

(画外音)停!

赵亮放下摄像机,赵雅跑到田淑娟身边。

赵雅

这个时候你是难过的，你的表情应该再这样……这样一点……（进行示范）

第84场

日　内　丛林家

一只手拿着开锁器在锁芯里面来回转动，一个穿工装的青年男人站在门口正在开锁，田雨站在男人后面。“啪”一声，锁开了，门被打开，田雨立马走进屋子，客厅里没人，她来到卧室，看到丛林歪着身子昏倒在床上，立刻上前叫他。田雨不停晃动丛林的身体，丛林没有任何反应。

田雨

从总！从总！……

第85场

夜　内　医院

走廊里一个中年男人提着果篮的背影走过去，一个身穿白大褂的女大夫迎面走过来，一个披着外衣的老太太静静地坐在走廊一处座椅上。病房里，丛林躺在病床上挂针，田雨坐在丛林旁边的折叠椅上发呆，丛林醒来用手撩了下被子，田雨听到动静立刻看向丛林。

田雨

（欣喜地）

从总，您终于醒了，您都昏睡一整天了。

一个男大夫开门从外面进来，径直来到从林的床前。

男大夫

你知道你的病到什么程度了吗？

从林

（看着大夫）

大夫，给我打点止疼针吧。

男大夫无奈地离开了病房，田雨也跟着出去了。

田雨

（看了看从林）

从总，我出去一下。

男大夫向科室走去，田雨快步追了上去。

田雨

大夫！

男大夫

有什么事吗?

田雨

您能告诉我,丛林得了什么病吗?

男大夫看着田雨。

第86场

日　内　舞蹈室(拍摄现场)

田淑娟穿着舞蹈服装在舞台中间跳舞,她张开的双臂收拢交叉,双腿弯曲向前不动。

赵雅

(画外音)好。

田淑娟起身去外面了,赵亮抱着摄像机站起来,张涛、李磊放下灯,周冉收拾着地上的设备,赵亮正准备将摄像机装进包里,手机响了,他拿出手机看了一眼,把电话挂断后直接关机,随后继续整理摄像机架子。

第87场

日　内　书房(拍摄现场)

书房里的窗帘全部被拉上了,屋里仅亮着微弱的光,田淑娟抱着笔记本坐在书桌前,她认真地看着里面的内容。突然,门从外面被打开了,田淑娟回头看向门口。

赵雅

(画外音)好,收。

张涛、李磊放下手里的设备,周冉和赵雅分别将剧本及拍摄道具装起来,赵亮正收拾着摄像机,突然听见有东西掉了,他刚想低头看,周冉突然跳到他面前,吓得他身体不自觉向后仰了一下。

赵亮

干吗呢?吓我一跳。

周冉

哥,忙了这么多天,终于收工了,一会儿去吃点好的吧。

赵亮回头看了看正在整理剧本的赵雅。

赵亮

小雅,你想吃什么?

赵雅

你们定就好。

第88场

日　内　丛林家

厨房里，田雨穿着围裙正在洗碗，随后，她打开高压锅的盖子，里面飘出一股热气，她拿来一个小碗，用勺子盛了半碗肉汤，随后把盛好的肉汤放在一边，把盖子扣好以后，端着肉汤走出厨房。

第89场

日　内　丛林家

田雨端着汤来到丛林床前，丛林正仰坐在床上抚摸着自己手上的戒指。

田雨

从总，您想嫂子了吗？

丛林

（看着手上的戒指）

真不知道她什么时候才能长大……

田雨小心翼翼地将汤碗放在床头柜上，然后转身拿起地上的折叠小桌并打开，放到床上正对丛林的位置，放好小桌，把汤碗端过来小心地放上去。丛林低头舀了一小勺汤喝了。

丛林

小雨,能帮我个忙吗?

田雨看着丛林点点头。

第90场

夜　内　影视公司

办公室里张涛、李磊拎着包走出办公室,赵雅也收拾好东西准备离开,赵雅看到赵亮不停地翻找设备包,好奇地走过去看。

赵雅

你干吗呢?

赵亮

内存卡找不到了。

赵雅

什么内存卡呀?

赵亮

就是拍摄用的那张,拍的所有东西都在那一张卡上。

赵雅

什么?

赵雅表情突然变得惊慌,身体不由得后退了几步,然后一下瘫坐在地上。

第91场
日　内　监控室

监控室里,赵亮和赵雅及一个短发女人站在电脑跟前,画面中出现一个身穿黑色衣服的女人的背影,女人走进了舞蹈室里的化妆间,过了不久,化妆间的门从里面被打开,黑衣女人从化妆间里面出来。

赵雅

(画外音)暂停!

短发女人

(好奇地)

奇怪,那天我一直在舞蹈室,怎么没有注意到这个女人呢?

赵雅

(看着电脑)

竟然是她!

赵亮

她是谁啊?

第92场

日　外　马路上

天色微暗,少数车辆穿行在街道上,人行道上偶尔路过几个行人,赵雅一个人独自在路上慢走着,面色凝重。她拿出手机,从通讯录中找到丛林的手机号拨了过去。

第93场

日　内　丛林家

卧室里丛林正躺在床上睡觉,手机铃声响起,他慢慢挪动着身子起来,从床头柜上拿起手机,上面来电人显示“老婆”,他接通了电话。

丛林

什么事啊?

赵雅

(画外音)我们拍摄用的内存卡是不是你拿走了?

丛林

（楞了一下）

……你不回去照顾你妈，天天就知道搞些没用的——（被打断）

赵雅

（画外音）我就知道是你拿的，赶紧给我，我已经什么都给你了，你还想怎么样？

丛林

老天都不让你如愿，你还要继续吗？

第94场

日　外　马路上

赵雅愤怒地挂断了电话，天色渐暗，马路上车辆越发稀少，她失魂落魄地走在马路上，当她走到马路中间时，一阵汽车鸣笛声响起，一辆车在离她很近的地方刹住，司机从车里伸出脑袋。

司机

（大声地）

有病啊！不要命了！

第95场

日　外　桥上

河里的船剧烈地晃动着，赵雅站在桥上，一副心灰意冷的样子，“叮铃铃，叮铃铃，叮铃铃，叮铃铃……”，她慢吞吞地从口袋里拿出手机。

赵大朋

（画外音）小雅，你赶快回来看看你妈吧，她病情越来越严重了，下午医生说她可能撑不了多久了……

赵雅放下手机，看着河上正剧烈晃动的船。

第96场

日　内　影视公司

赵雅面无表情地看着电脑旁边那瓶已经枯萎的插花。

丛林

（画外音）你知不知道这个世界上最疼你最爱你的妈妈就要不在了？你怎么可以这么无情无义？

赵亮

（画外音）既然留不住就更要放在身边，哪怕只是短暂的陪伴，也是欣慰的。

第97场

日　内　书房

饰演林圆圆母亲的中年女人正在书房打扫卫生，突然看到桌子下面一枚黑色的小卡片，她捡起来看了一眼，发现是张内存卡。

第98场

日　内　出租房

卧室床上零乱地摆放着各式各样的衣服，赵雅将衣服一件件快速装进行李箱，“砰砰砰，砰砰砰，砰砰砰……”，赵雅听见敲门声，放下衣服来到客厅门口打开门，赵亮站在门口，赵雅转身走向卧室，赵亮跟了进来。

赵亮

（兴奋地）

小雅，告诉你个好消息。

赵雅好奇地回头看着赵亮。

赵亮

看！（把内存卡拿到赵雅面前）

赵雅接过内存卡呆呆地看了一会儿,然后愤怒地把它扔到了地上,赵亮慌忙弯腰把它捡起来。

赵亮

(疑惑地)

小雅,你怎么了?

赵雅

(生气地)

你为什么要把它找回来?

赵亮

这不是你一直想要的吗?

赵雅

(大声地)

你为什么要在这个时候把它找回来?你知不知道我好不容易才做好了放弃这一切的决定!

赵亮

我们努力了这么久,坚持了这么久,为什么要放弃?

赵雅

我妈病了,我要回家照顾她。

赵亮

你现在回去还有什么用?

赵雅

你什么意思?

赵亮

你妈生病这么久了,如果你真的想照顾她,为什么你一开始不回去?(举着手里的内存卡)为什么还要拍这个……(被打断)

赵雅

(大声地)

因为我要向她证明。

赵亮看着赵雅,没说一句话。

第99场

日　内　出租房

客厅里,赵雅和赵亮斜对着坐在沙发上。

赵雅

我家里的事，其实你早就知道了，对吗？

赵亮点点头。

赵雅

既然你知道，为什么还要帮我？

赵亮

因为你的坚持，我想，你可能有你自己的苦衷。

赵雅

从小到大我一直不明白，为什么在我妈眼里，别人家的孩子总是比我优秀，为什么她总要拿别人家的孩子来伤我！

赵亮

有一种伤害叫作“关爱”。大概每对父母都有自己不同的表达方式吧。

赵雅

不，是她太强势。她一次次否定我，而我又不能证明自己。或许……我的确太笨了。

【闪回】

第100场A

日　内　赵雅老家

客厅里，一个绿色的小书包在沙发上放着，小学语文课本和数学课本整齐地摆放在桌子上，课本旁边放着一个打开了的铅笔盒，铅笔盒里面有两支未削头的铅笔，还有一块粘着灰的橡皮，一个十岁左右的小女孩正埋头在本子上面做数学题，小女孩是赵雅。防盗门"啪"一声响，一个中年女人开门进来，女人是赵雅的妈妈杜晓菊，杜晓菊来到正在写作业的赵雅跟前。

杜晓菊

最近考试了吗？

赵雅

（犹豫了一下）

考了。

杜晓菊

考多少?

赵雅

(躲避杜晓菊的眼神)

我忘了。

杜晓菊

是没考好吧?

赵雅不理会杜晓菊,继续写作业。

第100场B

日　内　赵雅老家

十岁左右的赵雅背着书包开心地向家门口走来,走到家门口时,院子里传来说话声。

邻居大婶

(画外音)小雅最近学习怎么样了?

杜晓菊

(画外音)她笨得出奇,真的比人家差远了。

赵雅听到杜晓菊的话，心情不由得低落下来，她慢慢挪动着步子向院子里走去，杜晓菊看到了走来的赵雅。

杜晓菊

（严肃地）

这次考试拿奖状了吗？

赵雅

我……（摸着自己的书包）

杜晓菊

又没拿是吧？每次都拿不到奖状，你看看人家小慧，年年都拿奖状，十个你，都比不了人家一个……

赵雅强忍难过的情绪快速跑回房间，然后迅速将房门反锁。

杜晓菊

（画外音）这些年的学真是白供你了，下次再拿不到奖状，这个学你就不要上了！

邻居大婶

（画外音）行了大嫂，你就少说两句

吧，别再伤了孩子自尊心。

赵雅生气地把书包扔到床上，自己趴在床头不停地哭，哭了一会儿，她起身打开书包，从里面取出一张奖状，只看了一眼，便愤怒地将它揉成一团。

第100场C

日　内　宿舍

卧室床沿上堆满了衣服，赵雅一件件叠好往行李箱里装着，"叮铃铃，叮铃铃……"，赵雅拿起一旁的手机。

赵雅

喂，妈。

杜晓菊

（画外音）最近工作怎么样啊？

赵雅

还行吧，前两天刚领了工资。

杜晓菊

（画外音）领了多少啊？

赵雅

2000多。

（画外音）**杜晓菊**

才领这么点呀？你看看你表妹，人家比你小，一个月都挣一万多呢，这个中秋节就别回来过了，你这点工资还不够路费的……

赵雅挂断电话，愤怒地将床上剩下的衣服全部丢到了地上。

第101场

日　内　出租房

赵雅起身走向窗户，她看着窗外。

赵雅

（眼眶湿润）

后来有一天，当我看到她和爸爸蹲在医院门诊角落里等着看诊的时候，我才发现原来她也会变得那么弱小，那么卑微。从小到大我从没让她满意过，她一直希望我把这个拍出来拿给她看，我特别想让她满意一回，但是现在……我怕她来不及看到……

赵亮

她会看到的。

第102场
夜　内　影视公司

办公室里一个背影坐在电脑跟前,一双手正在操作电脑,电脑上是正在被剪辑的片子,赵亮认真地剪辑着电脑上的视频;赵雅来到赵亮电脑跟前,看着电脑上正在剪辑的视频,又看着赵亮。

赵雅

这个多久可以剪完?

赵亮

正常需要半个月,不过我会尽快,名字想好了吗?

赵雅看着电脑上正在剪辑中的视频,眼睛渐渐变得湿润。

第103场
夜　外　桥上

天黑沉沉的,两个背影立于桥的顶端,桥上异常安静,赵雅看着桥下面,风平浪静下,船却晃动得极其厉害,几乎要侧翻,赵雅面色凝重。

赵 亮

小雅，你别着急，再过几天片子就能剪出来了。

赵 雅

从筹备拍摄到现在，这条路走得太艰难了，我真的怕再出现点什么纰漏，唉……

赵 亮

你忘了我叫什么了吗？

赵雅转脸看着赵亮。

赵 亮

我叫赵亮，照亮前行的路……照亮你的路，相信我。

赵 雅

谢谢你，赵亮。

赵亮嘴角稍稍上扬了一下。

第104场
夜　外　赵雅老家

丛林抱着杜晓菊从大门口出来，赵大朋提着包从后面跟上来，他们快速来到汽车前，赵大朋抢先一步上前打开后车门，丛林小心翼翼地将杜晓菊放到车上。赵大朋从另一侧上车，丛林从车头前绕到驾驶位，开车离开。

第105场
夜　外　医院

一辆黑色高级轿车来到住院楼停下，驾驶位的门被打开，丛林从车上下来，他打开后车门，把杜晓菊从车上抱下来，然后飞快地向楼里面跑去，赵大朋从车上下来追着丛林的步子跑向楼里面。

第106场
夜　内　医院

走廊里人很少，丛林抱着杜晓菊飞快地跑过来，赵大朋跟在后面。

丛林

（大声地）

大夫！大夫！大夫……

一个身穿白大褂的男大夫向他们跑过来，男大夫看着表情痛苦几乎昏迷的杜晓菊。

男大夫

病人怎么了？

丛林

我妈下午啃了半个玉米，后来一直呕吐不止……

男大夫

跟我来！

男大夫说完转身向里面走去，丛林抱着杜晓菊准备跟上去，却明显感觉到力不从心，赵大朋扶着丛林，他们跟着男大夫的脚步向走廊深处走去。

第107场
夜　外　马路

马路两侧亮着夜灯，路上空无一人，一辆黑色高级轿车驶过，丛林坐在驾驶位开着车，表情痛苦，一只手把着方向盘，另一只手不停按揉着自己的腰部。

第108场
日　内　出租房

赵雅正在卧室里面收拾东西，（画外音）“叮铃铃，叮铃铃，叮铃铃，叮铃铃……”，客厅里传来手机铃声，她放下手里的东西来到客厅，手机刚好停止响铃，赵雅来到沙发前拿起手机，上面未接来电显示“田雨”。

第109场
日　外　广场

几个五六岁的孩子在广场上玩，田雨坐在广场一侧的椅子上，赵雅从远处走过来，赵雅走近后，田雨从椅子上站起来。

赵雅

找我有什么事吗？

田雨

从总生病了,你能去看看他吗?

赵雅

他生病和我有什么关系,我们已经离婚了。(转身想要离开)

田雨

他从没想过与你分开。

赵雅背对着田雨原地站定了一下,然后头也不回地离开了。

第110场
夜　内　办公室

办公室里,赵雅独自一人站在窗户那里,她静静地看着窗外,赵亮看到窗前站着的赵雅,他放下手里的杯子向赵雅走过去,他来到窗边向外看了一下。

赵亮

想什么呢?

赵雅

我在想此时此刻地球转了多少下。

赵亮

别着急，还有两天片子就能剪出来了。

赵雅

（转脸看着赵亮）

你喜欢晴天还是阴天，或者说你觉得它们哪一个更真实？

赵亮

（看着窗外）

无所谓喜欢与否，阴晴交替才是真实的人生。

赵雅陷入沉思中，随后继续看向窗外。

第111场

日　外　马路

车辆穿梭于城市中，行人们来去匆匆，一个穿单衣老太太走在马路上。

第112场

日 内 赵雅老家

卧室床头柜上放着几盒药,旁边放着带吸管的塑料杯,窗台上放着一袋开了封的成人尿不湿,杜晓菊躺在床上,赵大朋端着一碗碎面条一口一口地喂给杜晓菊吃,杜晓菊吃了几口俯身想要从床一侧拿纸,赵大朋见状迅速放下碗。

赵大朋

别动,我来。

赵大朋从床一侧悬挂的纸巾盒里抽了几张纸巾,给杜晓菊擦了擦嘴,然后又擦了擦手,随即将纸巾丢进地上的垃圾桶。

赵大朋

还吃吧?

杜晓菊摇摇头,一个中年束着头发的女人走进杜晓菊的卧室,她来到杜晓菊的床前俯下身。

女人

大嫂,今天怎么样啊?

杜晓菊

(低声地)

不行了。

女人

大嫂,别这么说,会好起来的。

女人抬头看了看头顶的灯。

女人

大嫂啊,这屋里有点黑,咱去那个屋吧(指着客厅),那屋里亮堂。

杜晓菊

(低声地)

起不来了。

女人

没事,我们抬你过去,那屋里有床。

杜晓菊

(嗓音略高地)

不去,我不去。

杜晓菊一只手抓着床沿，另一只手抓着床头的柱子。女人随赵大朋一起来到院子里。

女人

大哥，你给大嫂好好说说，那屋里光线那么暗，她现在这种情况，老在那屋里待着可不行呀。

赵大朋

我给她说了好几回了，你大嫂这个人倔，就是不愿意挪。

第113场

夜　内　出租房

赵雅拿着手机坐在床头前，她输入电话号码，号码联系人显示妈妈，她看着电话犹豫片刻，又将号码删除。

第114场
日　内　赵雅老家

赵大朋给杜晓菊盖好被子，然后将垃圾桶里的垃圾袋取出，给垃圾桶换上新的垃圾袋，随即提着垃圾出去了。赵雅背着书包来到院子里，她径直向杜晓菊的卧室走去，门半开着，赵雅轻轻推门进屋，杜晓菊听见声音抬头看。

杜晓菊

小雅，你回来啦。

赵雅

嗯。

赵雅走到卧室里面，准备找地方放书包，忽然好像闻到了什么味道。

赵雅

什么味啊？

赵雅在屋子里翻找着，她从一个箱子里发现一个塑料袋，袋子里装着两个已经烂到淌水的菠萝，她把菠萝拿了出来。

赵雅

妈，这菠萝放多久了，都烂了，你不知道这屋里这么热吗？

杜晓菊艰难地翻着褥子。

赵雅

（好奇地）

妈，你干吗呢？（向杜晓菊走过来）

杜晓菊从床铺下面拿出八百元钱递给赵雅。

杜晓菊

这个钱……你拿着吧。

赵雅疑惑地看着杜晓菊。

第115场

日　内　医院

医院大厅里很多人，有排队挂号的，有在门诊外面等着看诊的，有在导医台咨询的，丛林坐在门诊外面的椅子上打电话。

丛林

爸，我妈怎么样了？

赵大朋

（画外音）她这两天的精神状态好多了，你怎么样？看大夫了没有？

丛林

爸，我没事，不用管我，照顾好我妈就行。

田雨拿着单子从远处向丛林快步走过来，丛林放下手机看着田雨。

田雨

丛总，住院手续办好了，后天就可以手术了。

丛林

好。

第116场
夜　内　影视公司

办公室里亮着灯，赵亮坐在电脑跟前剪着片子，赵雅坐在旁边盯着，赵亮低头看了看手上的表，又看了看赵雅，赵雅脸上满是倦意。

赵亮

你去睡会儿吧。

赵雅

还有多久能剪完?

赵亮

两三个小时吧。

赵雅

没事,我能撑住。

第117场
日　内　影视公司

外面的天逐渐变亮,办公室里敲击键盘的声音渐渐停止,赵亮坐在电脑跟前将剪辑完成的片子保存并输出完毕,他转身看向坐在旁边的赵雅,发现赵雅靠在椅子上睡着了。他脱下外套小心翼翼地为赵雅盖上,赵雅猛地醒了。

赵雅

片子剪完了吗?

赵亮俯身将电脑上的U盘拔下来递给赵雅,赵雅兴奋地接过U盘。

赵雅

这些天辛苦你了。（拿着U盘起身准备跑出去）

赵亮

小雅……（起身看着赵雅）

赵雅

（回头）

怎么了？

赵亮

（表情低沉地）

……对不起。

赵雅

（不以为然地）

说啥呢。（拿着U盘飞奔跑出办公室）

【闪回】

第118场A

夜　外　影视公司

赵亮、王斌、杜帅帅三人站在影视公司门外，赵亮从包里取出两个信封递给王斌和杜帅帅。

赵亮

这是你们的工资，我按月给你们了，祝你们找到更好的工作。

王斌、杜帅帅二人接过信封转身离开了。

第118场B
夜　外　马路

马路上行人略少，田淑娟背着包站在路标旁，赵亮提着袋子向田淑娟走过来，他来到田淑娟跟前停下，从袋子里取出一个厚厚的信封递给田淑娟。

田淑娟

（激动地）

谢谢赵哥。（接过信封）

赵亮

记住，到时候不用真的受伤，假装摔倒就行了。

田淑娟

嗯嗯，记住了。

第118场C

夜　内　丛林家

赵亮上楼梯来到一户门前，他敲了敲门，丛林下床来到客厅门口开门，赵亮进来关上门，两人来到沙发坐下。

赵亮

从总，这么晚了，您找我有什么事吗？

丛林拿起茶几上的名片递给赵亮。

赵亮看了一眼名片，上面写着胡先声，下面写着先声影视制片有限公司，疑惑地看着丛林。

赵亮

从总，您怎么会有他的名片？

丛林

不能再拖了，赶快终止你们的计划吧。

赵亮

可是……

丛林

是薪水不合理吗?

赵亮

不是,我只是觉得小雅她那么相信我,我不能……

丛林

有些事情如果我自己去做的话,找你就没有什么意义了。

第118场D

夜　内　赵亮家

卧室里开着台灯,赵亮坐在床头前看着手里的名片,他拿起床头柜上的手机拨通了上面的电话。

赵亮

你好,请问是胡先生吗?

胡先声

(画外音)你好,哪位?

赵亮

你好,我是近期跟您合作拍摄短剧

的公司，非常抱歉地告诉您，您融资的那部短剧在拍摄中出现了一些问题，演员在试戏中受伤了，拍摄日程可能……（被打断）

胡先声

（画外音）这么点问题都要找我，就知道你们这些新成立的团队不靠谱。

赵亮刚要说什么，电话被挂断，他看着手里的名片紧皱着眉头。

第119场

日　内　影视公司

赵亮站在电脑桌前，看着办公室门口。

第120场

日　内　医院

走廊里田雨端着一盆水小心翼翼地走向病房，她推开门进去，一位男大夫向她走过来。

男大夫

丛林呢？

田雨端着盆子快步走到丛林的床前,把盆子放到地上。

田雨

他刚刚还在的。

田雨来到床头柜,拿起药盒看了一下,发现只剩空药盒了。

男大夫

他还打算手术吗?

田雨从口袋拿出手机按键拨了出去,电话响铃几声后自己挂断了,她飞奔出病房。

第121场

日　外　马路

道路上挤满了车,一辆接一辆往前挪动着,一辆带着出租标志的蓝色车停在那里不动,赵雅坐在车后排座位上,心急如焚地看着前面拥堵的车辆。

赵雅

师傅,这车要堵到什么时候呀?

司机

这可不好说,赶上节假日就更堵了。

赵雅看着前面拥堵的车辆，心里十分着急的样子。

第122场
日　内　赵雅老家

院子里的花全部枯萎了，葡萄架上面只剩下光秃秃的枝干，地上零零散散地分布着些许掉落的花瓣和树叶，客厅茶几上杂乱地放着各种各样的药盒，卧室床头柜上放着一瓶开了盖的药瓶和一板未吃完的药，一个放着吸管的纸杯，旁边放着一袋开了封的成人尿不湿，床下放着一个装满卫生纸的垃圾桶，杜晓菊躺在床上奄奄一息，丛林趴在床前看着杜晓菊，赵大朋站在丛林旁边生闷气。

杜晓菊

（声音低沉地）

小雅，小雅……

赵大朋

你还想那个没良心的干什么？（转身走向一边）

丛林

妈，您放心吧，我会照顾好她的。

杜晓菊睁大眼睛看着上面悬挂的灯，灯光逐渐放大，赵雅出现在灯光里。

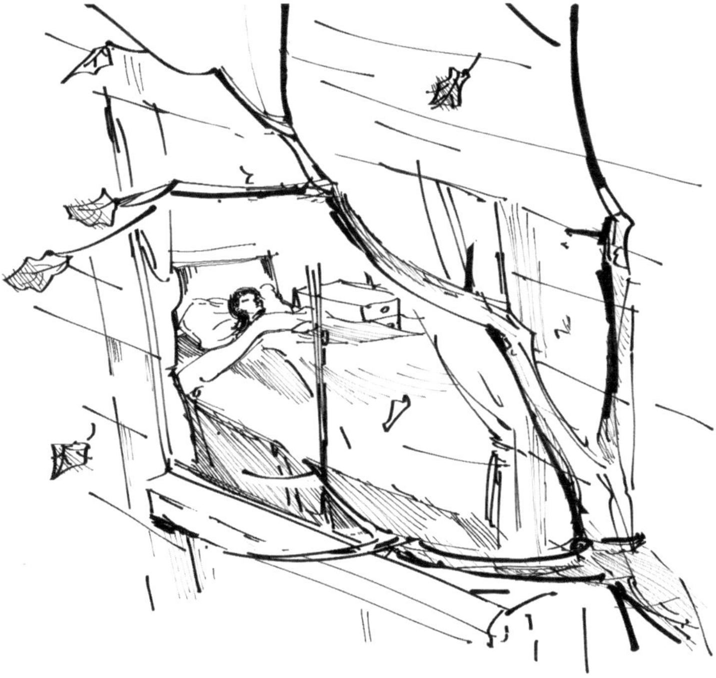

第123场

日　内(梦境)　赵雅老家

赵雅背着包来到院子里，厨房里传来炒菜的声音，赵雅闻声来到厨房，杜晓菊站在炉子前正在炒菜，赵雅在门口站定不动，惊讶地看着杜晓菊。

赵雅

妈，你好了?

杜晓菊

站那干吗呢?饭做好了，还不赶快洗手吃饭。

赵雅半天才反应过来，应了一声。

第124场

日　内(梦境)　赵雅老家

客厅里，杜晓菊正在收拾桌子上的碗筷，赵雅坐在笔记本电脑前，她打开之前拍摄的视频。

赵雅

妈，你快过来看。

杜晓菊

看什么呀?

赵雅

我以前写的,你不是一直想看嘛,
我把它拍出来了。

杜晓菊放下碗筷,来到笔记本电脑跟前,视频开始播放,里面一个女孩趴在窗外,看着屋里那些穿着舞蹈服装正在跳舞的女孩,一脸羡慕的样子。外面的天渐渐变得昏暗,视频里的女孩站在舞台上跳舞,她跳完最后一个动作停下来。画面闪黑后,中间出现"原谅我"几个大字。

赵雅

(看着杜晓菊)

妈,怎么样?

杜晓菊满意地点了点头,两行眼泪流了出来。

杜晓菊

挺好,挺好。

赵雅

(疑惑地看着杜晓菊)

妈,你怎么哭了?

第 125 场

日　内　赵雅老家

杜晓菊躺在床上呻吟着，随后闭上了眼，眼泪从眼角滑落。

第 126 场

日　外　河

河里面的船剧烈地晃动着，随后幅度一点点减小，直至恢复平稳状态。

第 127 场

日　内　赵雅老家

丛林眼眶湿润地看着杜晓菊。

丛林

妈，妈……

赵大朋背过身去，不停地抹眼泪，杜晓竹从外面飞奔进来，看到躺在床上的杜晓菊，立刻扑上去大哭起来。

杜晓竹

（哭泣地）

姐，姐……我姐病了，你们为什么不告诉我？

赵大朋

你姐说，你好不容易才拿到这次出国工作的机会，不能影响你。

杜晓竹哭一阵子后起身环视了一下房间。

杜晓竹

小雅呢，小雅怎么不在？

赵大朋看了看杜晓菊，然后垂头丧气地从卧室里面出去了。

第128场

日　内　医院

走廊里走来一个身穿白大褂的女大夫，她穿过几个身穿病号服的病人向前走去，赵雅睁开眼，发现自己躺在病床上，她立刻坐起来，女大夫从外面推门进来，来到她的床前。

女大夫

你没什么问题，就是有点低血糖，

以后注意饮食就行了。

赵雅

（不解地）

大夫，我怎么在这呀？

女大夫

一个出租车司机送你过来的，说你一下车就晕倒了，又不知道你家在哪，就带你……

赵雅突然反应过来什么，她立刻下床跑了出去。

第129场

日　外　墓地

天阴沉沉的，杜晓菊的墓碑前站着二三十个身穿黑色衣服的人，他们纷纷将手中的菊花放在杜晓菊的墓碑前，众人离开后，剩下赵雅和杜晓竹两人站在墓碑前，他们看着杜晓菊的墓碑。

杜晓竹

（看着赵雅）

为什么不回来照顾你妈？

赵雅低头不说话。

杜晓竹

你的事情就那么重要吗?

赵雅

丛林又跟你告状了是吗?他整天就知道……(被打断)

杜晓竹

(大声地)

你闭嘴!

赵雅

舅舅……

杜晓竹

我不是你舅舅,我没有你这么忘恩负义的外甥女,我姐到底是造了什么孽,生了你这么个畜生,这些年你妈真是白养你了!你口口声声说丛林跟我告状,你知不知道你妈生病这段时间都是丛林出钱出力地照顾?你呢?你去哪了!

杜晓竹不停地说着,赵雅看着杜晓菊的墓碑。

丛林

（画外音）你以为你这样做咱妈就没有遗憾了吗？在她生病这几个月里，你知道她有多绝望吗？对一个病人来说，在生命即将走向尽头的时候，她已经不再奢望什么，在那一刻她只想要家人的陪伴，你的陪伴，你明白吗？

杜晓竹

你这个白眼狼，都说滴水之恩当涌泉相报，你妈养你这么大，你半点感恩的心都没有，她操劳了一辈子，临走还要受你的气！

赵雅

（大声地）

没有，我没有！

赵雅看着杜晓菊的墓碑，“叮铃铃，叮铃铃……”，她从口袋拿出手机接听了电话。

女人

（画外音）你好，请问是杜晓菊家属吗？我这边是县医院住院部的，想问下您对我们医院的服务态度满意吗？

赵 雅

（大声地）

滚！

杜晓竹

（平静地）

我知道你从小到大一直对你妈都有所误解。

赵 雅

舅舅，我……

杜晓竹走近杜晓菊的墓碑，看着墓碑上杜晓菊的照片。

闪回

第130场A

日　内　赵雅老家

院子里堆满了玉米，未剥皮的和剥好皮的混放在一起，杜晓竹和杜晓菊分别坐在凳子上剥玉米。

杜晓竹

姐,听我姐夫说你对小雅学习要求挺严格的。

杜晓菊

不严怎么行啊?

杜晓竹

你也别太打击她了,她学习也挺辛苦的。

杜晓菊

看她一直不长进,我心里着急呀,我跟她爸没学问,我们活了半辈子也没什么本事,就是希望她能好好学习,以后也能多条出路,不要像我们这么辛苦才好呀。

第130场B

日 内 赵雅老家

杜晓竹抱着四个礼盒来到院子里。

杜晓竹

(大声地)

姐!

杜晓菊飞快地从客厅跑出来，她看到杜晓竹，赶紧上前帮忙拿礼盒。

杜晓菊

怎么拿这么多？

杜晓竹

这可都是你跟小雅爱吃的。

两人抱着盒子进了客厅，杜晓竹找地方放下盒子，他看了看里面卧室，又看了看院子。

杜晓竹

姐，小雅还没回来呀？

杜晓菊

哦，她不回来了。

杜晓竹

（疑惑地）

为什么呀？今天可是中秋节呀。

杜晓菊

她刚上班没多久，挣点钱不容易，我没让她回来。

第130场C

夜 内 赵雅老家

赵大朋提着一袋菠萝来到杜晓菊的卧室，杜晓菊正躺在那里看着天花板。

赵大朋

表姐送了两个菠萝，我削给你吃啊。

杜晓菊

给我。

赵大朋

还没削呢。

杜晓菊

都给我。

赵大朋提着菠萝走到杜晓菊床头，杜晓菊把菠萝接过去，她努力起身，想要打开窗台上的箱子，赵大朋见状赶紧上前帮她打开箱子，随后，杜晓菊把菠萝放了进去。

赵大朋

你把菠萝放这里面干吗呀？你不吃了？

杜晓菊

留给小雅吃，她最喜欢吃菠萝了。

第131场
日　外　墓地

杜晓竹看着墓碑上杜晓菊的照片。

杜晓竹

天下没有哪个母亲不爱自己的孩子，你妈也一样，她从来没有放弃过爱你，她只是没那么细腻，只能用自己的方式来表达她的爱而已。

杜晓竹说完转身离开了墓地，剩下赵雅一个人站在墓碑前，赵雅静静地站着，眼神哀伤。

闪回

第132场A
日　外　赵雅老家

院子里,三四岁的赵雅在地上画的格子里面跳来跳去,赵大朋和杜晓菊站在旁边看着她跳,她对着地上粉笔画的格子向前跳,跳到最前面的格子,又往回跳。

杜晓菊

慢点跳,别摔着了。

赵雅从后面跳到前面后,她来到旁边的桌子处。

赵雅

再喝一口。(端起杯子喝了一口水)

她喝完水,放下杯子又继续跳。

第132场B
夜　内　赵雅老家

外面大雨倾盆,雷闪不断,客厅里面一丝微弱的烛光,五六岁的赵雅和赵大朋、杜晓菊一起围坐在蜡烛前,赵大朋在讲故事,赵雅和杜晓菊在一边认真地听着。

赵大朋

后来呢，那个小孩就把狼给打死了。

杜晓菊

不对，是把狼给弄伤了……

第132场C
夜　内　赵雅老家

客厅里半漆黑的状态，赵雅趴在桌子上写作业，杜晓菊从屋外推门进来。

杜晓菊

（看着赵雅）

怎么不开灯呀，这样写作业还不把眼弄坏了？

杜晓菊来到桌子旁边打开灯，赵雅没有理睬，依旧专心地写作业。

第132场D
日　内　赵雅老家

赵雅背着书包走进客厅，看到桌上的桑葚很惊喜，立刻拿起来吃，杜晓菊从外面开门进来。

赵雅

（一边吃一边说）

妈，这桑葚哪来的？

杜晓菊

这是我跟你婶子去摘的。

赵雅

那你怎么不吃呀？

杜晓菊

我不喜欢吃这个。（说完就去一边忙了）

第132场E

日　内　赵雅老家

卧室里，杜晓菊给赵雅收拾着行李箱，她从袋子里挑了几个大个的苹果装到箱子里，赵雅进来后见状立马把苹果全部拿出来，然后把箱子拉好。

赵雅

不行，这太多了，装不了了。

杜晓菊

就这几个苹果,还装不了?

第132场F

日　内　赵雅老家

院子里摆放着几盆盛开的花,院子上方的葡萄架挂满了正待成熟的葡萄,杜晓菊拿着喷壶挨个给花浇水,赵雅坐在葡萄架下边的电脑桌前不停地敲击着键盘,电脑上已写了好几段文字。

杜晓菊

你干吗呢?

赵雅

我在写故事呢。

杜晓菊

什么故事啊?

赵雅

一个女孩想学舞蹈,由于舞蹈学校对学生的招募要求很高,不是所有人都能进去,她很羡慕那些学舞蹈的同伴,后来她终于有机会进去学习了,但是因为一点挫折她就想要放弃……

杜晓菊

这个不是你以前写的吗？那么长时间了，还没写完啊？

赵雅

我在改呢，我在想那个女孩因为自己的执拗犯了不可挽回的错误，这样的错误可以得到原谅吗？

赵雅说完突然停下手中的操作，她看着正蹲在地上给花修叶的杜晓菊。

赵雅

妈，如果有一天我也犯了那样的错误，你会原谅我吗？

杜晓菊

那我就不要你了。

赵雅

啊？

杜晓菊呵呵一笑，放下剪刀走向赵雅的电脑桌。

杜晓菊

这个你别光写呀,什么时候把它拍出来让我看看呀?

赵雅

拍出来哪有那么容易呀。

第132场G

夜　内　赵雅老家

客厅地面上乱成一片,杂七杂八的东西混乱放着,赵雅和杜晓菊站在那里大声吵架。

赵雅

为什么你总是相信别人,不相信我,每次你都那么固执!

晓菊

他们说的有什么错?

赵雅

（生气地）

好,那你就继续信吧,到时候你死都不知道怎么死的。

杜晓菊

（大声地）

谁允许你这么跟我说话的?!

第132场H

日　内　医院

医院挂号处排着长长的队，旁边的座位全部坐满了人，杜晓菊手捂着肚子和赵大朋蹲在角落里面，赵雅拿着单子站在一边难过地看着他们。

第132场I

日　内　医院

医院科室里，赵雅和白大褂男大夫面对面站着。

赵雅

大夫，我们还能为我妈做什么吗?

男大夫

多陪陪老人吧，或者……如果老人还有什么愿望的话，不要让她留下遗憾。

第133场

日　外　墓地

赵雅泪流满面，跪在杜晓菊的墓碑前，她看着墓碑上杜晓菊的照片，抬起手来狠狠打了自己两个耳光，天渐渐亮了，一缕温暖的阳光打到了杜晓菊的墓碑上，赵雅起身抬头看向后面，乌云散去，太阳出来了。

第134场

日　内　丛林家

赵雅来到丛林家门口，她从包里取出钥匙打开门，客厅杂乱不堪，东西随意摆放着，她收拾了一下沙发，拿起茶几上放的一些空瓶子准备扔到垃圾桶里，突然，她发现垃圾桶里那堆被撕碎的纸张，她捡了几片拿出来看，上面不完整地写着离婚协议几个字。她来到卧室，卧室床旁放着一张折叠桌，床头柜上摆满了药瓶，下边的抽屉半开着，她打开抽屉看到一张检查报告，她随即取出报告，抽屉里露出一个水晶瓶，她弯腰坐在床上看着手里的报告，检查报告上方写着丛林的名字，下面的诊断结果为肾结石。田雨走进卧室，赵雅抬头发现田雨站在门口。

赵雅

你怎么有我家钥匙？

田雨

从总给我的。

赵雅疑惑地看着田雨。

第135场

日　内　丛林家

赵雅和田雨在阳台上站着,两人一起看着窗外。

田雨

半年前丛总查出肾结石,大夫建议他及时手术,否则会导致肾坏死,但是丛总却只是让大夫给他开药,每周去医院打止疼针。后来他病情加重,终于决定手术了,可是手术那天他却无故离开了医院。

赵雅

他去我家了,但是我没有见到他。

田雨

有件事我想跟你澄清一下,那天你们拍摄的时候,丛总只是让我去告诉你,要你立刻停止拍摄计划回老家去,但是当我过去的时候发现你们不在，我就把你们的摄像机程序给调乱了，我也搞不懂丛总为什么要这么做，他丝毫不在乎自己的病，但就是要我去阻止你。

赵雅

他是个称职的女婿，我却不是个称职的女儿。

田雨疑惑地看着赵雅。

第136场
日　内　赵雅老家

院子里的花全部枯萎了，地面零乱地散落着残叶，赵雅用剪刀修剪着它们的枯叶，一个头顶扎着两个小辫的四五岁的小女孩出现在院子里，女孩名叫珠珠，是赵雅和丛林的女儿，她提着一袋童用尿不湿来到赵雅旁边。

赵雅

珠珠，你提这个过来干什么？（说话时，手里继续修剪着枯叶）

珠珠

我要变小。

赵雅

（好奇地）

什么？

珠珠

珠珠变小了，姥姥就能给珠珠穿这个了。（手里拿着一片尿不湿）

赵雅停止手里的动作，她看着珠珠，眼睛瞬间变得湿润，她放下手里的剪刀，将珠珠抱进怀里。

第137场

日　外　桥上

偌大的河在初晨的阳光下显的格外安静和祥和，桥上两个身影背对着立于桥的顶端，两人看着前面。周冉看着远处，又看了看赵雅，犹豫半天。

周冉

小雅，其实……

赵雅看着远方初升的太阳。

赵雅

天亮了，一切都过去了。

【一年后】

第138场

日　内　赵雅老家

桌子上放着一盘月饼、几个炒菜和两瓶啤酒，赵大朋、赵雅、丛林三个人围坐在院子里吃饭，珠珠拿着玩具在院子里跑来跑去，赵雅用筷子夹了一块菜正准备吃，珠珠突然跑过来。

珠珠

妈妈，我要吃葡萄。（拽着赵雅的袖子）

赵雅

乖，妈妈明天给你买。（摸了摸珠珠的头）

珠珠

我要吃这上面的。（指着头顶上的葡萄架）

赵大朋

珠珠，葡萄架今年没人打理，上面的葡萄都掉光了，已经没有葡萄了，我

们拿别的吃好不好?(俯身看着珠珠)

珠珠

那里有。(转身指着杜晓菊的卧室门口那个方向)

赵雅三人看向珠珠手指的方向,发现了两颗完好无损的葡萄挂在那里。

丛林

或许她姥姥知道她要来,所以刻意给她留的吧。

赵雅目不转睛地看着葡萄,在光的折射下,葡萄上渐渐映出杜晓菊的身影,赵雅眼里闪现出一丝泪光。

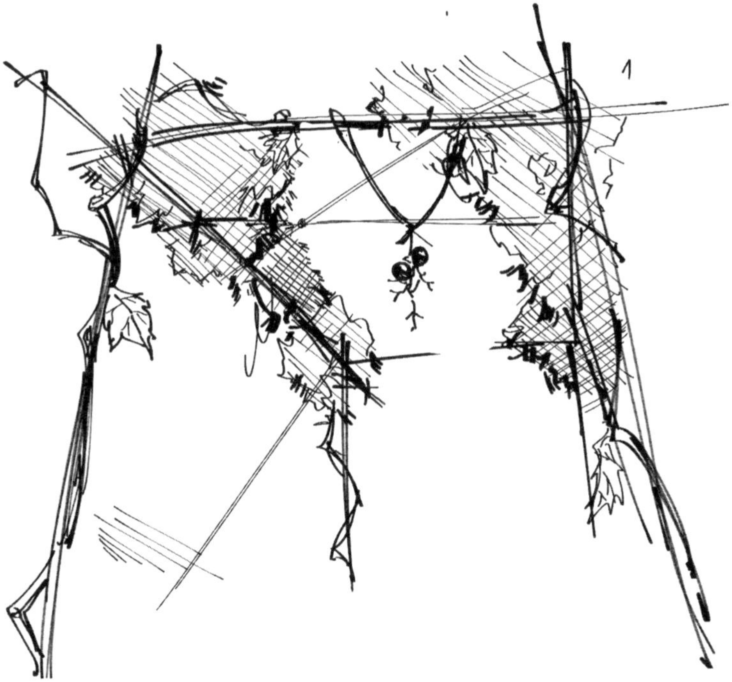